Deutsch

Urs Luger

Rätsel um die chinesische Vase – Fenders zweiter Fall

SPANNENDER LERNKRIMI

Hueber Verlag

Einen kostenlosen MP3-Download zu diesem Titel finden Sie unter
www.hueber.de/audioservice.
© 2018 Hueber Verlag GmbH & Co. KG, München, Deutschland
Alle Rechte vorbehalten.
Sprecher: Crock Krumbiegel
Hörproduktion: Tonstudio Langer, 85375 Neufahrn bei Freising, Deutschland

3. 2. 1.   Die letzten Ziffern
2022   21   20   19   18   bezeichnen Zahl und Jahr des Druckes.
Alle Drucke dieser Auflage können, da unverändert,
nebeneinander benutzt werden.
1. Auflage
© 2018 Hueber Verlag GmbH & Co. KG, München, Deutschland
Umschlaggestaltung: Sieveking · Agentur für Kommunikation, München
Umschlagfoto: © Thinkstock/iStock/tomodaji
Zeichnungen: Mascha Greune, München
Layout und Satz: Sieveking · Agentur für Kommunikation, München
Redaktion und Projektleitung: Katrin Dorhmi und Anna Meißner-Probst,
Hueber Verlag, München
Lektorat: Veronika Kirschstein, Lektorat und Projektmanagement, Gondelsheim
Druck und Bindung: Friedrich Pustet GmbH & Co. KG, Regensburg
Printed in Germany
ISBN 978-3-19-068580-6

Art. 530_25577_001_01

Inhalt

▶ Das Hörbuch zur Lektüre und die Tracks zu den Übungen stehen als kostenloser MP3-Download bereit unter: www.hueber.de/audioservice.

Hamburg

Elbe

Berlin

Spree

Elbphilharmonie

Brandenburger Tor

München

Wien

Donau

Isar

Frauenkirche

Stephansdom

ÖSTERREICH

Kapitel 1: Neuer Fall, alte Bekannte

Dicke Wolken hängen über der Stadt, schon wieder ein grauer Herbsttag in Wien … Gibt es heute noch Regen? Vielleicht sollte ich einen kleinen Urlaub machen, weg von dem schlechten Wetter? Nach Italien? Rom? Oder nach Deutschland? Berlin? München?

Keine schlechte Idee. Ich glaube, ich schließe mein Detektivbüro für ein paar Tage. Ich habe ja gerade keinen Fall. Ich …

Mein Telefon klingelt.

Vielleicht ein neuer Fall? Soll ich ans Telefon gehen? Oder soll ich lieber sagen: Fender ist im Urlaub, bitte rufen Sie nächste Woche noch einmal an?

Ach was, natürlich antworte ich. Urlaub machen kann ich auch später noch.

„Detektivbüro Fender."

„Herr Fender, ich brauche Ihre Hilfe. Mein Großvater …"

„Guten Tag, wer spricht bitte?"

„Ach, Entschuldigung, hier ist Julia Kalman. Wissen Sie noch, wer ich bin?"

„Hallo Julia, natürlich weiß ich das noch. Wie geht es Ihnen?"

Ich habe Julia vor ein paar Monaten kennengelernt, da habe ich den Mordfall an einer Fußballspielerin gelöst. Die Tote war Julias beste Freundin. Sie hat mir damals einen wichtigen Tipp gegeben.

„Mir geht es gut, danke. Aber mein Opa … er ist verletzt."

„Das tut mir sehr leid … aber wie kann ich Ihnen da helfen?"

„Jemand hat meine Großeltern ausgeraubt. Mein Opa ist jetzt im Krankenhaus …!"

„Okay, Julia, ich komme gleich. Ihre Adresse habe ich ja noch."

---

der Detektiv, der Fall, der Mord, ausrauben: → S. 8

Also kein Urlaub ... Nur eine Reise durch die halbe Stadt, in den 13. Bezirk. Dort haben Julias Großeltern ein Haus. Und Julia wohnt bei ihnen im ersten Stock.

„Kommen Sie herein", sagt Julia und öffnet die Tür. „Das ist meine Großmutter, Maria Kalman."

„Guten Tag, Frau Kalman."

„Guten Tag, Herr Fender. Danke, dass Sie so schnell gekommen sind."

„Was ist denn nun genau passiert?"

„Es war gestern in der Nacht, wir haben alle schon geschlafen", sagt Frau Kalman. „Mein Mann ist aufgewacht, weil er etwas gehört hat, und ist ins Wohnzimmer gegangen. Dann habe ich einen Schrei gehört und dann war alles wieder still. Ich bin aufgestanden und ins Wohnzimmer gelaufen. Da ist mein Mann gelegen und an seinem Kopf war Blut. Er war allein, aber die Tür zum Garten war offen."

„Wir haben dann gleich einen Arzt gerufen", sagt Julia. „Und die Polizei."

„Und was hat die Polizei gesagt?"

„Die Polizisten waren sehr nett und haben sich gut um uns gekümmert", sagt Frau Kalman. „Aber sie haben gemeint: ,Wir tun unser Bestes, es ist aber nicht sehr wahrscheinlich, dass wir den Einbrecher finden. Im Moment gibt es sehr viele Einbrüche.'"

„Deshalb sollen Sie uns helfen!", sagt Julia. „Haben Sie gerade einen anderen Fall? Oder können Sie für uns arbeiten?"

„Ich helfe Ihnen gerne."

„Sehr gut ... *Fender – Schneller als die Polizei!*", sagt Julia und lächelt.

„Genau. *Schneller als die Polizei.*" Ich lache. Das steht auf meiner Webseite. Und meistens stimmt es auch ...

---

der Bezirk: Stadtteil von Wien	der Schrei, der Einbrecher, der Einbruch: → S. 8	lächeln: leise lachen

„Haben die Einbrecher eigentlich etwas gestohlen?", frage ich.

„Eine chinesische Vase."

„Sonst nichts?"

„Es ist eine besondere Vase", sagt Julia. „Sie ist über 200 Jahre alt. Mein Opa hat sie von seinem Vater bekommen, und der wieder von seinem Vater und so weiter."

„Deshalb wollen wir die Vase auch unbedingt wiederhaben. Sie gehört zu unserer Familie", sagt Julias Großmutter.

„Mein Opa sagt immer, dass der chinesische Kaiser Qianlong die Vase im 18. Jahrhundert seiner Familie geschenkt hat."

Qianlong, 1711–1799, berühmter chinesischer Kaiser

„Ich glaube nicht, dass das stimmt", meint Frau Kalman.

„Aber die Vase ist trotzdem etwas Besonderes für uns."

„Ist sie denn wertvoll?", frage ich.

„Ich weiß es nicht", antwortet sie. „Aber was ich nicht verstehe: Es gibt hier im Haus etwas viel Wertvolleres. Und das hat den Dieb nicht interessiert."

„Was denn?", frage ich.

Julias Großmutter zeigt mir ein Bild.

„Wow", sage ich, „das ist wirklich wertvoller …"

---

stehlen, wertvoll, der Dieb: → S. 8	die Vase: dort stellt man Blumen ins Wasser	der Kaiser: früher der Chef in einem großen Land, z. B. in China

7

eine Aufgabe für die Polizei /
den Detektiv (er sucht den
Dieb, ist aber kein Polizist)
der Fall

man denkt, es ist diese
Person, ist aber nicht sicher
der / die Verdächtige

etwas nehmen, das
anderen gehört
stehlen

er nimmt etwas, das
anderen gehört
der Dieb (er macht
einen Diebstahl)

Sachen von einer
Person oder aus
einem Haus stehlen
ausrauben

er geht in ein fremdes Haus
und nimmt etwas mit
der Einbrecher (er macht
einen Einbruch)

Krimi-Wörter

Angst haben
und weglaufen
fliehen

jemanden so verletzen,
dass er danach hinfällt
niederschlagen

wenn man jemanden
tot macht
der Mord

wenn man sehr
laut ruft
der Schrei

etwas an einen
Ort bringen, wo es
niemand finden kann
verstecken

viel Geld oder teure
Dinge an einem
unbekannten Ort
der Schatz

sehr teuer
wertvoll / viel (Geld) wert sein

Kapitel 2: Doch noch eine Reise?

„Das ist doch ein Bild von Egon Schiele, oder?", frage ich.

„Ja, genau", sagt Frau Kalman.

„Das muss Millionen wert sein."

Egon Schiele, 1890 – 1918, berühmter österreichischer Maler

„Mein Mann hat es gefunden."

„Gefunden?"

„Ja, das war sogar in der Zeitung", sagt Julia. „Sehen Sie …"
Sie gibt mir einen Zeitungsartikel. Oben steht ein Datum,
er ist eine Woche alt. Auf einem Foto sieht man Herrn Kalman
in seinem Wohnzimmer und im Hintergrund steht die
chinesische Vase – dieser Platz ist jetzt leer.

Unbekanntes Bild von Egon Schiele gefunden

Wien. Miloš Kalman hatte großes Glück. Er hat ein Bild von Egon Schiele – einfach gefunden. Er erzählt: „Mein Onkel ist vor einem Jahr gestorben und ich habe jetzt endlich in seinem alten Haus Ordnung gemacht. In einem Schrank habe ich viele Bilder gefunden. Und dort war auch dieses besondere Bild …"

---

wert sein: → S. 8

der Hintergrund:
hinten im Bild

„Der Polizist hat gemeint, der Einbrecher wollte wahrscheinlich auch das Bild stehlen", sagt Julia. „Aber mein Großvater ist ins Zimmer gekommen und hat ihn gestört, und da ist er dann schnell geflohen."

„Das glaube ich nicht. Der Einbrecher hat Ihren Großvater niedergeschlagen. Es dauert nur zwei Sekunden, das Bild zu nehmen und wegzulaufen. Die Zeit hatte er. Nein, ich glaube, er wollte die Vase. Die Frage ist: Warum?"

„Keine Ahnung", sagt Julia.

„Wir müssen mehr über die Vase wissen. Warum war sie dem Dieb so wichtig?"

„Okay, wo fangen wir an?", will Julia wissen.

„Frau Kalman, haben Sie vielleicht ein Foto von der Vase? Ich kenne ein gutes Geschäft für chinesisches Porzellan. Dort würde ich gerne nachfragen."

Julia und ich fahren mit der U-Bahn zum Naschmarkt. Dort gibt es viele chinesische Geschäfte.

„Guten Tag, mein Name ist Fender", sage ich zu einer Verkäuferin in dem Porzellangeschäft. „Können Sie mir vielleicht etwas zu dieser Vase sagen?" Ich zeige ihr das Foto, das mir Frau Kalman gegeben hat.

Die Verkäuferin sieht es nur kurz an und will es mir schon wieder zurückgeben – aber dann nimmt sie ihre Brille und sieht es genauer an.

„Das gibt es nicht, das ist ja …", sagt sie und ruft ihre Kolleginnen. Alle vier sehen sich das Foto an und diskutieren aufgeregt auf Chinesisch.

Zu uns sagt sie dann auf Deutsch: „Das ist eine der Vasen des Qianlong", sagt sie. „Es gibt nur drei davon auf der Welt. Und es gibt viele Leute, die diese Vasen suchen."

---

fliehen, nieder-
schlagen: → S. 8

das Porzellan:
daraus macht man
z. B. Vasen und Teller

der Naschmarkt:
ein alter Markt
in Wien

„Warum?"

„Man sagt, wenn man diese drei Vasen nebeneinanderstellt, sieht man eine Schatzkarte."

„Interessant … Können Sie mir mehr darüber erzählen?"

„Ich weiß leider nicht viel mehr."

Julia meint: „Es gibt sicher viele Informationen im Internet. Googeln wir doch mal."

„Ja, man kann viel im Internet lesen", sagt die Verkäuferin.

„Aber das meiste ist Unsinn – sagt meine Tante."

„Ihre Tante?"

„Ja, die weiß viel über die drei Vasen des Qianlong."

„Könnte ich vielleicht mit Ihrer Tante sprechen?", frage ich.

„Na ja … Sie wohnt in München, sie hat dort einen China-Shop. Das ist nicht gleich um die Ecke."

„Das stimmt … aber es ist wichtig. Ich fahre am besten nach München. Gleich jetzt, dann kann ich vielleicht heute noch mit Ihrer Tante sprechen. Wo finde ich sie?"

Die Verkäuferin gibt mir die Adresse des China-Shops. Sie sagt: „Fragen Sie nach Frau Liu. Und sagen Sie, dass Sie von Chen Xian kommen."

„Ich komme mit nach München", sagt Julia, als wir wieder auf der Straße sind.

„Nein, Ihre Großmutter braucht jetzt Ihre Hilfe mehr als ich."

„Okay, aber Sie rufen mich an, wenn es etwas Neues gibt."

„Ja, klar."

Ich fahre nach Hause, packe ein paar Sachen und gehe dann zum Bahnhof.

Der Himmel wird immer dunkler.

Es beginnt zu regnen.

Gut, dass ich jetzt doch noch eine kleine Reise mache …

---

nebeneinander: etwas / jemand   der Schatz: → S. 8
steht neben einer anderen
Sache / Person

Kapitel 3: Der Schatz ist gut versteckt!

„Guten Tag, ich würde gerne mit Frau Liu sprechen. Ist sie hier?", frage ich eine Verkäuferin in Frau Lius China-Shop in München, ganz in der Nähe des Hauptbahnhofs.

„Frau Liu ist nicht hier."

„Chen Xian aus Wien schickt mich."

„Ach so, das ist etwas anderes." Sie lächelt mich an. Plötzlich ist sie sehr freundlich.

„Kommen Sie bitte mit."

Die Verkäuferin führt mich in ein Hinterzimmer. Es ist ein bisschen dunkel hier und es riecht nach chinesischem Essen. Eine alte Frau steht an einem Herd mit einem großen Topf heißer Suppe.

„Dieser Mann kommt von Ihrer Nichte aus Wien", sagt die Verkäuferin und geht dann ins Geschäft zurück.

Frau Liu probiert einen Löffel, gibt ein bisschen Salz in die Suppe, probiert noch einen Löffel, ist zufrieden, macht den Herd aus und sieht dann endlich zu mir.

„Wie geht es meiner Nichte?", fragt sie.

„Ich ... äh ... ich denke, es geht ihr gut", sage ich. „Aber ich kenne sie eigentlich nicht. Sie hat mir gesagt, Sie könnten mir vielleicht etwas über diese Vase erzählen."

Ich zeige ihr das Foto.

„Oh ..." Sie macht große Augen. „Eine der drei Vasen des Qianlong ... Warum interessieren Sie sich für diese Vase?"

„Ich bin Detektiv ... und einer meiner Klienten interessiert sich dafür."

„Trinken Sie Tee?", fragt Frau Liu.

---

große Augen machen:
wenn man etwas
nicht gedacht hat

der Klient:
der Kunde

Wir setzen uns an einen kleinen Tisch. Sie gibt mir eine Tasse. „Danke", sage ich und probiere. „Mmh, der schmeckt richtig gut." Wir trinken und keiner sagt etwas.

„Also, die Vase des Qianlong …", fange ich das Gespräch noch einmal an.

„Es gibt eine alte Geschichte", sagt Frau Liu endlich. „Der Porzellanmeister von Kaiser Qianlong hat die besten und schönsten Vasen in ganz China gemacht. Und er war ein Freund des Kaisers. Eines Tages wollte Qianlong etwas sehr Wichtiges verstecken. Da hat der Porzellanmeister drei Vasen gemacht, eine schöner als die andere. Das Besondere an den Vasen war: Wenn man alle drei richtig nebeneinanderstellt, zeigen sie eine Karte. So hat Qianlong – aber nur er – immer gewusst, wo er seinen Schatz versteckt hat, und konnte es nicht vergessen."

---

der Porzellanmeister: verstecken: → S. 8
macht Dinge aus
Porzellan (alter Beruf)

„Was ist mit den drei Vasen passiert?", frage ich.

„Niemand weiß das genau. Sie haben wahrscheinlich in den privaten Räumen des Kaisers gestanden. Niemand hat von ihnen gewusst. Aber Qianlong hat trotzdem Angst gehabt. Er hat gewusst: Nichts bleibt für immer geheim."

„Was hat er gemacht?"

„Er hat, so erzählt man, die drei Vasen drei Männern aus verschiedenen Ländern geschenkt: Es waren Kaufleute aus Ungarn, Deutschland und England."

„Und dann?"

„Die Männer haben China verlassen und die Vasen mitgenommen. Nur Qianlong hat gewusst, wohin sie gegangen sind."

Julias Familienname – Kalman – ist ein ungarischer Name. Sehr interessant, aber …

„Sie glauben nicht an die Geschichte?", fragt Frau Liu.

„Ich … ich weiß es nicht", sage ich vorsichtig.

Aber das ist auch nicht wichtig. Wichtig ist, dass andere Leute daran glauben – und die haben wahrscheinlich die Vase von Julias Großeltern gestohlen.

„Was hat Qianlong denn versteckt?", frage ich.

„Ich weiß es nicht. Es gibt zu viele verschiedene Geschichten." Frau Liu denkt nach. „Aber hier in München lebt ein alter Professor, der viel über die Zeit des Qianlong weiß. Der kann Ihnen vielleicht helfen."

Sie schreibt etwas auf einen Zettel und gibt ihn mir. „Er heißt Burkhardt und hier ist seine Nummer."

„Vielen Dank! Eigentlich wollte ich heute noch nach Wien zurück. Aber vielleicht bleibe ich doch lieber in München."

„Ich kann Ihnen eine Pension empfehlen. Sie gehört einer Cousine von mir. Sie ist in der Nähe des Tierparks. Sie müssen nur ein paar Stationen mit der U-Bahn fahren."

---

geheim: niemand
weiß es

die Kaufleute:
sie kaufen und verkaufen

Kapitel 4: Die Engländer

Was ist hier los? Wo bin ich?

Alles ist dunkel.

Ich kann mich nicht bewegen. Meine Hände und Füße sind gefesselt.

Langsam erinnere ich mich: Ich habe in der Pension von Frau Lius Cousine geschlafen und wollte ins Zentrum von München fahren und mir den Marienplatz und die Frauenkirche ansehen. Und am Nachmittag dann Professor Burkhardt treffen. Und dann war plötzlich alles schwarz …

Jetzt zieht jemand eine Stofftasche von meinem Kopf … Ich sehe mich um.

Ich sitze auf einem Stuhl in der Mitte eines großen Zimmers. Vor mir ist ein Schreibtisch, dahinter sitzt ein alter Mann und neben ihm steht ein junger Mann. An der Tür stehen zwei große, starke Männer in schwarzen Anzügen.

„Willkommen", sagt der alte Mann und lacht böse. „Haben Sie gut geschlafen? Jaja, Chloroform ist sehr praktisch."

Sind die verrückt? Was wollen die von mir?

(sich) bewegen: mit dem Körper etwas machen, z. B. laufen	fesseln: fest machen, dass man sich nicht bewegen kann	das Chloroform: man riecht es und schläft sofort ein

„Erzählen Sie mir etwas über die chinesische Vase."

Der alte Mann spricht mit ausländischem Akzent – vielleicht englisch?

„Eine chinesische Vase?", frage ich.

„Ihr Klient hat eine der drei Vasen des Qianlong."

„Vasen des Qianlong?"

„Spielen Sie hier kein Theater. Sie sind aus Wien gekommen, Sie waren gestern bei Frau Liu, Sie sind Detektiv, Ihr Klient hat eine der Vasen." Wieder lacht er. „Und wenn Sie nicht bald reden ..."

Er sieht zu den beiden Männern in den schwarzen Anzügen.

„Woher wissen Sie das alles?", frage ich.

Nur Frau Liu und Frau Chen wissen von meiner Suche. Und natürlich Julia. Aber warum sollten die ...?

„Das ist nicht wichtig. Wichtig ist nur: Wo ist die chinesische Vase? Wenn Sie uns das sagen, passiert Ihnen nichts. Sie bekommen dann sogar eine ganze Menge Geld von uns. Aber wenn nicht ..."

„Ich habe keine Ahnung, wo die Vase ist. Ich bin auf der Suche nach ihr. Genauso wie Sie."

„Das glaube ich Ihnen nicht", sagt jetzt der junge Mann hinter dem Schreibtisch. „Ihr Klient hat eine der Vasen und Sie sollen die anderen für ihn finden."

„Mein Klient HATTE eine Vase. Aber jemand hat sie gestohlen."

„Sie erzählen uns hier nur Stories", sagt der alte Mann.

Ich höre wieder seinen Akzent. Er ist bestimmt Engländer.

Ist das ...? Nein, das kann nicht sein. Das ist verrückt.

Aber vielleicht doch ...

„Sind Sie der Engländer", sage ich.

„Ja, ich komme aus England", sagt der Alte.

„Nein, Sie sind ein Nachfahre von DEM Engländer. Qianlong hat Ihrem Vorfahren eine der drei Vasen geschenkt."

---

der Akzent: wenn man beim Sprechen hört, aus welchem Land jemand kommt

der Nachfahre / der Vorfahre: jemand, der (lange) vorher / nachher in der Familie gelebt hat / lebt

Er sieht mich mit großen Augen an. Dann sagt er: „Das ist nicht wichtig. Wichtig ist nur …"

„Ach, hören Sie auf mit dem Unsinn. Ich habe keine Vase. Googeln Sie mal im Internet. Ich bin sicher, eine Zeitung hat über den Diebstahl in Wien geschrieben. Außerdem finden Sie dort die Webseite von meinem Detektivbüro."

Fünf Minuten später hat der junge Mann die Informationen gefunden.

„Ich möchte jetzt gehen", sage ich. „Ich habe noch einen Termin."

„Haha, ja, bei Burkhardt". Der Alte lacht. „Bei diesem alten Idioten."

„Woher wissen Sie das schon wieder?"

Aber er muss es nicht sagen. Es gibt nur eine Person, die das alles gewusst hat. „Frau Liu …", sage ich.

„Ja, wir suchen gemeinsam die Vasen. Warum, glauben Sie, hat sie Ihnen Burkhardt empfohlen?"

Damit ich in München bleibe. Und die Pension ihrer Cousine – so konnten die Engländer mich finden.

„Ich war vor einigen Jahren bei Burkhardt", sagt der Alte. „Er hat meine Vase gekannt. Aber er hat nichts über sie gewusst. Er ist Professor, aber von den wichtigen Dingen hat er keine Ahnung."

Der Alte nickt mit dem Kopf und die beiden Männer in Schwarz binden mich los.

„Ich komme mit zu Burkhardt", sagt der junge Mann.

„Der weiß nichts", sagt der Alte.

„Das war vor Jahren. Vielleicht weiß er jetzt mehr."

Oje, denke ich, der hat mir gerade noch gefehlt … Aber vielleicht ist es gar nicht schlecht, wenn er mitkommt. Dann weiß ich, dass er keine neuen Dummheiten macht.

---

der Diebstahl:	der Idiot:	nicken: der Kopf	losbinden: ↔
→ S. 8	dummer	geht nach oben	fesseln
	Mensch	und unten	

Kapitel 5: Professor Burkhardt

Professor Burkhardt wohnt nicht weit von der Universität.
Laut Google ist er einer der wichtigsten Experten für die Zeit
von Kaiser Qianlong.
Sein Arbeitszimmer ist ein großer Raum mit Möbeln aus
dunklem Holz. Es ist von unten bis oben voll mit Büchern.
Zwischen den Regalen hängen chinesische Bilder.
„Trinken Sie Tee?", fragt Burkhardt und gibt mir und dem
Engländer eine Tasse. „Den habe ich aus China mitgebracht,
aus der Stadt Hangzhou, dort findet man den besten Tee."
Ich nehme einen Schluck.
„Er ist wirklich sehr gut", sage ich.
„Sie haben am Telefon gesagt, Sie möchten mit mir gerne über die
drei Vasen des Qianlong sprechen. Ein interessantes Thema ..."
„Ja, ich bin Detektiv und meine Klienten hatten diese Vase ..." –
ich zeige ihm das Foto – „... aber jemand hat sie gestohlen und
mein Klient ist jetzt im Krankenhaus."
„Und Sie glauben, dass ich Ihnen helfen kann?"
„Das hoffe ich. Der Dieb denkt wahrscheinlich, dass er mit Hilfe
der Vase einen großen Schatz finden kann."
„Sie arbeiten zusammen?", fragt Burkhardt und sieht den
Engländer an.
„Nein. Aber ich bin auch wegen der Vase hier. Mein Name ist
Jan Mills."
„Mills ... Mills ... Sind Sie der Sohn von Edward Mills?"
„Der Enkel."
„Herr Mills lässt mich einfach nicht in Ruhe. Er wollte
unbedingt mitkommen", sage ich.
„Ich verstehe. Also, die Vasen ... Herr Fender, was wissen Sie
schon über sie?"

---

der Experte: weiß sehr
viel in seinem Fach

der Schluck: wenn man
nur einmal trinkt

„Ich kenne ein paar Geschichten, aber ich weiß nichts Genaueres über den Schatz und über die Vasen."

Burkhardt steht auf und nimmt einige Bücher aus den Regalen.
Er legt sie auf den kleinen Tisch vor uns.
„Was sind das für Bücher?", fragt Mills.
„Sie erzählen uns etwas über den Schatz. Hier zum Beispiel", sagt Burkhardt, nimmt eines der Bücher in die Hand und liest vor:

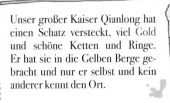

Unser großer Kaiser Qianlong hat einen Schatz versteckt, viel Gold und schöne Ketten und Ringe. Er hat sie in die Gelben Berge gebracht und nur er selbst und kein anderer kennt den Ort.

„Das hört sich ja sehr gut an", sagt Mills und lacht.
„Jaja, aber das ist nur EINE der Geschichten. Diese hier ist ganz anders."

---

das Gold: sehr wertvolles Metall; chemisch „Au" (Aurum)

Der alte Professor nimmt ein anderes Buch:

Unser großer Kaiser Qianlong hat ein Haus gebaut, an einem See, und dieses Haus hat nur eine einzige Tür und nur ein einziges Zimmer, und in diesem Zimmer steht nur ein Tisch und auf dem Tisch liegt die Pille der Unsterblichkeit: Wer sie isst, stirbt nie. Und nur der Kaiser kennt den See und nur der Kaiser kennt das Haus ...

„Kaiser Qianlong ist doch schon lange gestorben", sage ich. „Die Geschichte ist also nicht sehr wahrscheinlich."
„Nein", meint auch Burkhardt und lacht, „aber wissen Sie, die Chinesen haben schon vor langer Zeit immer wieder nach der Pille der Unsterblichkeit gesucht. Also gibt es natürlich auch eine Geschichte von Qianlong und dieser Pille."
Er nimmt ein anderes Buch:

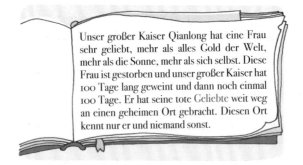

Unser großer Kaiser Qianlong hat eine Frau sehr geliebt, mehr als alles Gold der Welt, mehr als die Sonne, mehr als sich selbst. Diese Frau ist gestorben und unser großer Kaiser hat 100 Tage lang geweint und dann noch einmal 100 Tage. Er hat seine tote Geliebte weit weg an einen geheimen Ort gebracht. Diesen Ort kennt nur er und niemand sonst.

Burkhardt legt das Buch wieder auf den Tisch. „Es gibt noch viele andere solche Geschichten. Und jedes Mal ist es ein anderer Schatz."

---

die Unsterblichkeit: wenn man nie stirbt

die Geliebte: der Kaiser liebt sie, aber sie ist nicht seine Frau

„Herr Professor, das ist alles sehr interessant", sage ich, „aber ich glaube, es hilft mir nicht viel bei meiner Suche. Wissen Sie, wer die dritte Vase hat, also die Vase, die nicht Herrn Kalman und nicht Herrn Mills gehört? Vielleicht ist er der Dieb. Vielleicht will er alle drei Vasen haben und den Schatz finden."

„Sie haben Glück, junger Mann. Ich weiß es wirklich."

„Ich glaube Ihnen nicht. Mein Großvater sagt, Sie haben keine Ahnung von den Vasen", sagt der Engländer.

„Ihr Großvater ist vor vielen Jahren zu mir gekommen und hat mir seine Vase gezeigt. Zu der Zeit habe ich wenig dazu sagen können. Aber seit damals interessiere ich mich für die Vasen und habe viel über sie erfahren.

Im letzten Jahr habe ich in einer Bibliothek in Peking zufällig einen alten Text gelesen, und so habe ich die dritte Familie gefunden, die deutsche."

„Können Sie mir sagen, wo ich diese Familie finde?", frage ich höflich.

„Sie wollen die Vase des Qianlong nicht für sich, Herr Fender, Sie wollen Ihrem Klienten wirklich helfen. Deshalb gebe ich Ihnen diese Information. Die Familie wohnt heute in Hamburg, ich schreibe Ihnen die Adresse auf. Viel Glück bei Ihrer Suche."

Er gibt mir einen Zettel.

„Vielen Dank, Herr Professor. Ich fahre gleich morgen in der Früh nach Hamburg."

„Ich komme mit", sagt der Engländer.

„Sicher nicht! Sie wollen ja nur die Vase der deutschen Familie stehlen", sage ich. „Auf Wiedersehen, Herr Professor."

„Auf Wiedersehen. Und rufen Sie mich bitte an, wenn Sie die Vase finden. Das ist alles sehr interessant für einen alten Professor wie mich."

---

erfahren: etwas Neues
hören oder lesen

zufällig: es kommt von allein;
man macht nichts dafür

Kapitel 6: Welche Vase meinen Sie?

Am nächsten Tag fahre ich gleich in der Früh nach Hamburg.
Der junge Mills ist zum Glück nicht gekommen. Ich steige am
Hamburger Hauptbahnhof aus, esse ein Stück Pizza als spätes
Mittagessen und nehme dann ein Taxi zur Adresse der Familie
Geppert.

Links sehe ich kurz die Elbphilharmonie, Hamburgs berühmtes
Konzerthaus, und dann fahren wir lange auf der Elbchaussee,
die Gepperts wohnen direkt an der Elbe.

Ich klingle an der Tür.

„Ja? Guten Tag." Eine Frau Ende 50 sieht mich an und ihre
Augen fragen: Wer sind Sie denn?

„Guten Tag, mein Name ist Fender, ich arbeite für einen
Kunstsammler. Ich habe gehört, dass es hier eine alte
chinesische Vase gibt. Mein Klient interessiert sich dafür und
möchte sie gerne kaufen. Er zahlt sehr viel Geld."

„Walter, kommst du mal?", ruft die Frau ins Haus.

Ein Mann mit grauen Haaren kommt an die Tür.

„Guten Tag, mein Name ist Fender, ich interessiere mich für Ihre
chinesische Vase. Darf ich vielleicht reinkommen? Über Geld
spricht man besser nicht an der Haustür."

„Was für eine Vase?", fragt der Mann.

„Bitte, kommen Sie rein", sagt Frau Geppert. „Setzen wir uns ins
Wohnzimmer. Sie trinken doch Tee?"

„Gerne."

„Also, Herr Fender, jetzt erklären Sie mir mal: Was wollen Sie
genau?", fragt Herr Geppert.

---

die Elbchaussee: Name einer sehr langen Straße an der Elbe

„Wie gesagt, mein Klient möchte gerne Ihre chinesische Vase kaufen. Und wenn Sie zwei Vasen haben … für zwei zahlt mein Klient nicht zwei Mal so viel, er zahlt vier Mal so viel."

Vielleicht zeigen sie mir dann auch die Vase der Kalmans, wenn sie die Diebe sind.

„Elisabeth, eine chinesische Vase? Zwei chinesische Vasen? Wovon redet der Herr da?"

Hat mir Burkhardt die falsche Adresse gegeben? Oder spielen die beiden Theater?

„Hier, bitte, Ihr Tee …", sagt Frau Geppert.

„Vielen Dank. Also, die Vasen … Mein Klient ist reich. Er zahlt sehr viel dafür."

„Schade, ich hätte gerne viel Geld", sagt Frau Geppert und lacht.

„Aber wir haben leider keine …"

„Elisabeth, hat Dagmar nicht …?"

„Das kann sein! Herr Fender, wir hatten wirklich mal eine alte chinesische Vase. Ich habe sie ganz vergessen. Wir haben sie von meinem Großvater geerbt", sagt Frau Geppert.

Aha, jetzt wird es interessant …

„Können Sie sie mir bitte mal zeigen?"

„Das geht leider nicht. Wir haben sie nicht mehr."

Und das soll ich jetzt glauben?

„Unsere Tochter Dagmar hat sie vielleicht mitgenommen", sagt jetzt Herr Geppert. „Sie ist vor drei Jahren nach Berlin umgezogen. Sie arbeitet dort."

„Aha, kann ich dann vielleicht Ihre Tochter in Berlin besuchen? Mein Klient … sie wissen ja."

„Klar, warum nicht. Dagmar freut sich sicher über das Geld. Ich gebe Ihnen ihre Adresse. Aber sie kommt erst morgen von einer Reise zurück."

---

erben: wenn jemand stirbt, bekommen die Kinder seine Sachen

„Ach wie schön, eine Reise …!"

Eine Reise … vielleicht nach Wien zu den Kalmans?

„Ich rufe sie an und sage ihr, dass Sie kommen."

„Oh … lieber nicht … diese gute Nachricht soll eine Überraschung sein."

Ich fahre zurück zum Bahnhof und nehme den nächsten Zug nach Berlin. Ich setze mich ins Zugrestaurant und bestelle einen Kaffee – ich hatte genug Tee in letzter Zeit. Dann rufe ich Julia an. Ich habe ihr schon gestern von Frau Liu, von den Engländern und dem Besuch bei Burkhardt erzählt. Und nun muss ich ihr sagen, dass die Vase leider nicht bei den Gepperts ist und ich jetzt auf dem Weg nach Berlin bin.

Danach rufe ich auch noch Burkhardt an und informiere ihn über die Neuigkeiten.

„In Berlin ist meine Suche dann wahrscheinlich zu Ende. Bei Dagmar Geppert."

„Ich komme auch nach Berlin! Können Sie mir bitte die Adresse geben? Wissen Sie, die dritte Vase des Qianlong – das ist schon etwas Besonderes. Ich möchte sie mir gerne ansehen. Und ich kann Ihnen dann auch sagen, ob sie echt ist."

„Sehr gut, das freut mich. Dann bis morgen. Ich schicke die Adresse per SMS."

„Und seien Sie vorsichtig. Diese Dagmar Geppert … sie ist vielleicht gefährlich. Ihr Klient in Wien ist wegen ihr wahrscheinlich im Krankenhaus."

---

die Überraschung:
man hat keine Ahnung
und plötzlich kommt sie

die Neuigkeit: eine neue
Information

Kapitel 7: Genug ist genug!

Am nächsten Tag gehe ich gleich nach dem Frühstück zu
Dagmar Gepperts Wohnung in Berlin-Kreuzberg und klingle.
Keine Antwort. Sie ist wahrscheinlich noch auf ihrer „Reise".
Ich setze mich in ein Café direkt gegenüber. So kann ich sehen,
wenn jemand ins Haus geht.
Leute kommen und gehen, aber niemand hat Reisegepäck dabei.
Es wird Mittag. Ich bestelle etwas zu essen.
Ich trinke einen Kaffee. Und noch einen.
Es wird langsam Abend. Mein Telefon klingelt.
„Hallo, hier Mills. Herr Fender, mein Großvater ist im Kranken-
haus."
„Das tut mir leid!" Warum erzählt er mir das?
„Jemand hat uns gestern Nacht ausgeraubt. Unsere Vase ist weg.
Sie war bei meinem Opa im Zimmer. Ich habe mir gedacht, Sie
sollten das wissen. Passen Sie auf sich auf!"
Aha, deshalb ist Jan Mills gestern nicht zum Zug nach Hamburg
gekommen.
Da! Eine Frau auf der anderen Straßenseite, ist sie das?
Anfang 30, Koffer in der Hand? Sie geht ins Haus ...
„Herr Mills, danke für Ihren Anruf! Ich muss jetzt los."
Das ist doch verrückt! Zwei alte Menschen liegen im
Krankenhaus – wegen zwei Vasen! Wer glaubt denn, dass es
wirklich einen Schatz gibt? Na, diese Dagmar wahrscheinlich ...
Der sage ich jetzt meine Meinung. Genug ist genug!

Ich klingle an ihrer Tür. Die Frau mit dem Koffer öffnet.
Und normalerweise sage ich jetzt: „Guten Tag, mein Name ist
Fender. Ich würde gerne mit Ihnen über Ihre chinesische Vase
sprechen. Darf ich reinkommen?"

---

normalerweise: das ist normal

Aber jetzt ... ich verstehe mich selbst nicht, ich bin so wütend, ich sage einfach: „Frau Geppert?", und warte gar nicht auf ihre Antwort. Ich gehe einfach an ihr vorbei in die Wohnung.

„He! Wer sind Sie? Was wollen Sie?"

„Wo sind die Vasen?", frage ich.

„Welche Vasen?"

„Wo sind sie?" Ich gehe in ihr Wohnzimmer.

„He! Sind Sie verrückt? Raus hier! Ich rufe die Polizei."

„Ja, rufen Sie die Polizei! Dann können Sie ihr auch gleich erklären, warum zwei alte Leute im Krankenhaus sind."

„Im Krankenhaus ... Was reden Sie denn da?"

Ich öffne den Wohnzimmerschrank. Keine Vasen.

„Und Sie können von Ihrer kleinen ‚Reise' nach Wien und München erzählen."

Ich bin dumm! Die Vasen sind natürlich im Koffer!

„Darf ich mal in Ihren Koffer sehen? Danke ..."

„Jetzt ist es genug! Was wollen Sie hier?"

Ich sehe Dagmar Geppert an und ... in diesem Moment verstehe ich: Sie hat wirklich keine Ahnung, was ich will. Sie hat die Vasen nicht gestohlen.

Fender, du bist wirklich verrückt! Was machst du hier?

Ich war so wütend, ich konnte nicht mehr klar denken.

„Frau Geppert, es tut mir leid. Mein Name ist Fender, ich bin ein Detektiv aus Wien. Freunde von mir sind ausgeraubt worden. Und ich habe gedacht, Sie waren das."

„Ich? Zwei Leute ausgeraubt?" Dagmar Geppert lacht.

„Es tut mir wirklich leid. Ich war so wütend. Hier ... mein Detektivausweis."

„Schon gut ... Entschuldigung akzeptiert. Es ist ja nichts passiert."

„Darf ich Sie trotzdem etwas zu Ihrer chinesischen Vase fragen?"

„Ich habe keine chinesische Vase."

---

wütend:
sehr böse

akzeptieren: wenn man sagt:
„Ja, das ist o. k.!"

Eine halbe Stunde später sitzen wir bei einer Tasse Tee in ihrer Küche. Ich habe ihr die ganze Geschichte erzählt.

„Und Sie haben wirklich geglaubt, ich habe die beiden Vasen gestohlen?" fragt Dagmar Geppert und lacht wieder.

„Aber wer war es sonst? Ein verrückter Sammler? Ein Schatzsucher?"

„Oder doch der Engländer? Vielleicht hat er Sie angelogen und sein Opa ist gar nicht im Krankenhaus", meint Dagmar.

„Oder Frau Liu? Sie will die Vasen ja auch finden."

Jetzt habe ich keinen richtigen Verdächtigen mehr und auch keine dritte Vase. Gute Arbeit, Fender!

Ich sehe zum Fenster hinaus. Es ist schon fast dunkel.

„Frau Geppert, diese Blumen im Fenster ..."

„Ja, ich weiß, die sind schon ein bisschen alt."

„Das meine ich nicht. Die Blumenvase ... Das ist doch eine chinesische Vase?"

„Ja? ... Ich weiß nicht. Die habe ich von meinen Eltern mitgenommen. Stimmt, sie sieht wirklich chinesisch aus."

„Frau Geppert, ich glaube, in Ihrem Fenster steht die dritte Vase des Qianlong."

---

der Verdächtige: → S. 8

▶ 08 Kapitel 8: Überraschung!

Eine halbe Stunde später kommt Burkhardt. Ich habe ihm schon am Telefon erzählt, dass Dagmar Geppert nicht die Diebin ist. „Sie müssen wissen", sagt er zu Dagmar Geppert, „für mich ist das eine ganz besondere Sache. Man findet nicht jeden Tag eine der Vasen des … Oh, hier ist sie ja."

„Ich habe bis heute nicht gewusst, dass diese Vase so etwas Besonderes ist", sagt Dagmar, nimmt die Blumen aus der Vase und spült sie.

„Passen Sie bitte auf!" Burkhardt wird sehr nervös. „Der Vase darf nichts passieren … Vorsicht!"

Dagmar gibt ihm die Vase. Er sieht sie sich sehr genau von allen Seiten an.

„Ich glaube … ja, hier, das ist richtig … ja, sehr gut … Frau Geppert, die Vase ist echt. Es ist wirklich eine der Vasen des Qianlong. Ich kann es gar nicht glauben."

Der Professor sieht die Vase noch einmal sehr glücklich an.

Aber dann ändert sich plötzlich sein Gesicht.

Er stellt die Vase auf den Tisch und holt eine Pistole aus der Tasche.

„Überraschung!", sagt er und lacht böse. „Die Vase gehört jetzt mir. Ich danke Ihnen für Ihre Hilfe, Herr Fender."

Dagmar sieht zuerst Burkhardt an und dann mich. Sie hat Angst, aber sie ist auch wütend.

„Was ist hier los? Sie haben also die ganze Zeit nur Theater gespielt, Herr Fender?"

„Frau Geppert, das ist auch für mich eine große Überraschung. Herr Professor, was soll das? Bitte legen Sie die Pistole weg. Wir können über alles reden."

„Es gibt nichts zu reden … Sie, Frau Geppert, fesseln jetzt Herrn Fender."

Er gibt Dagmar Geppert eine Schnur. Sie fesselt mich an meinen Stuhl.

Nicht schon wieder …! Burkhardt prüft, ob die Schnur fest genug ist und fesselt danach auch Dagmar Geppert.

Er nimmt die Vase wieder in die Hand. „Endlich habe ich dich! Endlich habe ich euch alle drei!" Er lacht.

Burkhardt hat einen Koffer bei sich, den ich vorher gar nicht beachtet habe. In dem sind wahrscheinlich die beiden anderen Vasen.

„Herr Professor … warum?"

„Warum? Das fragen Sie noch?"

„Was wollen Sie mit den Vasen? Sie glauben doch nicht wirklich, dass …"

„Dass es den Schatz des Qianlong gibt? Natürlich gibt es ihn. Bald bin ich ein reicher Mann."

„Und wenn es gar kein Schatz ist? Wenn Qianlong nur seine tote Geliebte versteckt hat?"

---

die Pistole: sie macht „Peng!" und jemand ist tot

die Schnur: damit fesselt man jemanden

beachten: sehen

„Ach was, wer glaubt denn so eine Geschichte? Gold! Qianlong hat Gold versteckt. Oder vielleicht sogar ... die Pille der Unsterblichkeit!"

„Sie sind ja wirklich verrückt", sagt Dagmar Geppert jetzt.

„Noch heute Nacht fliege ich nach Shanghai. Von dort sind es nur ein paar hundert Kilometer bis zu den Gelben Bergen. Mills hat mir bewiesen, dass es diese Vasen wirklich gibt. Auch nach dieser langen Zeit noch! Ich habe viele Jahre alle wichtigen Texte über die Vasen gesucht und gelesen – in Peking, in Shanghai, in der Provinz Sichuan, in ..."

„Aber warum haben Sie die Vasen erst jetzt gestohlen? Sie wussten doch schon viel länger von den drei Vasen?", frage ich.

„Ich hatte einfach Glück. Einfach nur großes Glück."

Der Professor tanzt durch die Küche.

„Glück, Glück, großes Glück." Er lacht.

Dann wird er wieder ernst.

„Ich habe alles über die Vasen gewusst, nur eines nicht: wo sie heute sind. Okay, die von Mills habe ich gekannt, der alte Idiot hat sie mir ja gezeigt. Die deutsche Familie habe ich erst vor kurzer Zeit gefunden, mit Hilfe eines alten Texts, das habe ich Ihnen schon in München erzählt, das war die Wahrheit. Aber die ungarische Familie ... das war schwierig. Viele Dokumente sind verloren gegangen. Aber dann ... einfach Glück. Glück!"

Er tanzt wieder durch die Küche.

„Ein Mann in Wien findet ein Bild von Egon Schiele, und eine Zeitung schreibt einen Artikel über die Sache. Ganz zufällig lese ich diesen Artikel und ..."

„Und auf dem Foto ist nicht nur der Mann mit seinem Bild", sage ich. „Im Hintergrund ist auch eine chinesische Vase. Ich verstehe."

....

ernst: ↔ lustig

„Sehr klug, Herr Detektiv. Danach war alles einfach. Zuerst habe ich die Wiener Vase gestohlen, dann die Münchener. Es tut mir leid, dass Herr Kalman jetzt im Krankenhaus ist. Warum ist er bloß ins Wohnzimmer gekommen? Aber beim alten Mills tut es mir nicht leid. Der hat immer gedacht, dass ich nur ein Idiot bin. Haha, falsch gedacht."

Burkhardt lacht und sieht dann auf die Uhr.

„So, ich muss los. Zum Flughafen."

„Sie kommen nicht bis China", sage ich. „Wir rufen die Polizei und …"

„Tja, sehr schade, dass Sie gefesselt sind, haha. Aber gut, dass Sie mich daran erinnern: Ich nehme auch gleich Ihre Handys mit."

Burkhardt steckt sie in seinen Koffer und packt dann vorsichtig auch die Vase ein.

„Also, danke nochmal für Ihre Hilfe, hahaha, und auf Nie-mehr-Wiedersehen."

„He! Wir sind gefesselt! Wollen Sie uns so allein lassen?", ruft Dagmar Geppert.

„Ich lasse die Tür offen. Später kommt sicher jemand vorbei und findet Sie. Aber dann bin ich schon im FLUGZEUG, hahaha."

„He! Sie können doch nicht …"

Burkhardt macht das Licht aus und geht.

Kapitel 9: Berlin-Rundfahrt

Es ist dunkel. Und still.

Wie lange sitzen wir schon hier?

Eine halbe Stunde? Eine Stunde?

„Frau Geppert, es tut mir wirklich leid", sage ich.

„Das haben Sie schon gesagt."

„Burkhardt ... das hätte ich nicht gedacht."

„Auch ein guter Detektiv macht mal einen Fehler."

„Ja, leider."

„Aber sehen Sie, Herr Fender, das ist doch gar nicht so schlecht.
So haben wir viel Zeit und können uns kennenlernen."

Wir lachen beide etwas schwach.

Da klopft es an der Tür.

„Hallo? Ist da jemand? Die Tür ist offen ..."

„Hallo! Hier sind wir! Hallo!", rufe ich.

„Hallo! Kommen Sie rein! Wir sind in der Küche", ruft Dagmar
Geppert.

Schritte im Flur. Das Licht geht an und ...

„Fender!"

„Julia! Was machen Sie denn hier?"

„Das könnte ich Sie auch fragen. Sie sitzen in der dunklen Küche
einer fremden Wohnung. Oh ... Sie sind ja gefesselt."

Julia nimmt ein großes Küchenmesser und macht uns los.

„Danke!" Ich stehe auf und bewege Hände und Füße.

„Julia, was machen Sie hier?", frage ich.

„Ich wollte nicht in Wien warten. Ich wollte die Diebin selbst
sehen und die Vase gleich meinen Großeltern zurückbringen."

„Warum haben Sie nicht gesagt, dass Sie kommen?"

„Warum wohl? Sie hätten sicher wieder gesagt, dass ich in Wien bleiben und meiner Großmutter helfen soll."

„Das stimmt wahrscheinlich."

„Meiner Großmutter geht es gut. Ich will hier helfen."

„Ich bin froh, dass Sie gekommen sind", sage ich. „Darf ich vorstellen: Dagmar Geppert – Julia Kalman."

„Freut mich", sagt Julia. Sie will Dagmar Geppert die Hand geben, aber dann stoppt sie. „Warten Sie mal – Dagmar Geppert? Die Frau mit der dritten Vase? Haben Sie meinen Großvater …?" Julia wird wütend.

„Langsam, Julia, langsam", sage ich. „Ja, die dritte Vase gehört Frau Geppert. Und nein, sie hat die Vase Ihrer Großeltern nicht gestohlen."

„Aber wer dann?"

„Ich erkläre Ihnen alles später. Jetzt müssen wir zum Flughafen."

„Wenn es nicht schon zu spät ist", meint Dagmar Geppert.

„Julia, können Sie mir bitte Ihr Handy leihen?", frage ich. Ich suche im Internet die Flüge von Berlin nach Shanghai.

„Das Flugzeug geht in einer Stunde und 10 Minuten. Wir versuchen es. Frau Geppert, bitte rufen Sie schnell ein Taxi."

Fünf Minuten später sitzen wir im Taxi auf dem Weg zum Flughafen Berlin-Tegel. Wir fahren durch die Friedrichstraße, vorbei am Checkpoint Charlie. Hier hat früher die Berliner Mauer gestanden.

„He, wo fahren Sie denn?", ruft Dagmar Geppert. „Durch den Tiergarten geht es viel schneller!"

„Die Straße durch den Tiergarten ist heute Abend gesperrt. Dort ist eine Baustelle", sagt der Taxifahrer. „Aber hier dauert es auch nur fünf bis zehn Minuten länger."

10 Minuten, die wir nicht haben …

---

gesperrt: dort darf man nicht fahren

Links sieht man das Brandenburger Tor. Und kurz danach
fahren wir schon über die Spree. Rechts ist die Museumsinsel
und dahinter der Fernsehturm am Alexanderplatz.

Eine Berlin-Rundfahrt bei Nacht – auch nicht schlecht. Aber
dafür ist jetzt keine Zeit. Noch 60 Minuten bis zum Abflug.

„Also, was ist passiert, Fender?", fragt Julia.

„Einen Moment noch, könnten Sie mir bitte noch einmal Ihr
Handy leihen?"

Ich rufe die Polizei an.

„Fender hier, guten Tag. Ich bin auf dem Weg zum Flughafen
Berlin-Tegel. Ein älterer Mann, Professor Burkhardt, hat drei
wertvolle chinesische Vasen gestohlen und ..."

„Ein Dieb? Am Flughafen? Bitte warten Sie. Ich verbinde Sie mit
den Kollegen dort."

Ich warte. Noch 55 Minuten.

„Bundespolizei Flughafen Berlin-Tegel, hallo, was kann ich für
Sie tun?"

Ich erkläre dem Polizisten die ganze Sache, und auch, dass der
Dieb eine Pistole hat.

Er verspricht, dass sie Burkhardt suchen. Aber er sagt auch, dass
es gerade ein Problem mit der Sicherheit am Flughafen gibt. Es
kann also noch ein bisschen dauern, bis seine Kollegen Zeit für
Burkhardt haben.

Aber genau das haben wir nicht: Zeit.

Noch 45 Minuten. Hier kann man schon die Flugzeuge sehen.

„So, Julia, tut mir leid. Jetzt erkläre ich Ihnen alles."

„Kein Problem, ich habe Ihrem Gespräch mit der Polizei
zugehört. Ich glaube, ich weiß das Wichtigste."

Wir kommen am Flughafen an.

Ich bezahle das Taxi und sehe auf die Uhr.

Noch 40 Minuten bis zum Abflug.

---

verbinden: Kontakt herstellen

die Sicherheit: man braucht keine
Angst haben; etwas ist nicht
gefährlich

Kapitel 10: Berlin-Tegel

Berlin-Tegel ist kein großer Flughafen, wir sind schnell beim Check-in für den Flug nach Shanghai. Und – ich kann es kaum glauben – Burkhardt steht noch da und streitet mit der Dame hinter dem Schalter.

Ich sage Julia, dass sie die Polizei holen soll. Dagmar Geppert und ich gehen langsam näher heran.

„Herr …", die Dame sieht auf seinen Pass, „Herr Burkhardt, noch einmal: Dieser Koffer ist zu groß für das Handgepäck. Sie müssen ihn einchecken."

„Ach was, zu groß … Den muss ich mit ins Flugzeug nehmen. In dem Koffer sind wertvolle alte Vasen." Er nimmt eine aus dem Koffer und zeigt sie der Dame.

„Das haben Sie schon gesagt. Das ändert aber leider nichts."

„Das ändert alles. Die Vasen müssen bei mir bleiben."

„An dieses Problem hätten Sie früher denken müssen."

„He, Sie!", ruft ein Mann hinter Burkhardt wütend. „Wie lange dauert das noch? Wir warten jetzt schon eine Viertelstunde."

„Verstehen Sie es denn nicht?", ruft eine Frau mit einem Kind an der Hand. „Der Koffer ist zu groß. Zu GROSS!"

Burkhardt wird jetzt auch wütend: „Wer sind Sie denn? Sie verstehen gar nichts. Diese Vasen …"

Er sieht uns.

„Hallo, Herr Professor", sage ich.

„Fender, Sie …?"

„Ja, das hätten Sie nicht gedacht, oder?" sagt Dagmar Geppert.

„Also los, geben Sie mir meine Vase. Die Polizei ist auch gleich hier."

---

der Schalter: dort gibt man am Flughafen die Koffer ab

„Das ist nicht mehr Ihre Vase. Sie gehört jetzt mir!"

„Ach ja?"

„Ja, die Vase ist viel zu gut für Sie. Sie haben sie für Blumen benutzt … wie eine billige Vase aus dem Supermarkt."

„Vasen sind für Blumen."

„Diese hier nicht."

„Geben Sie her!"

Was macht Dagmar Geppert da? Will sie Burkhardt die Vase wegnehmen? Das kann gefährlich werden. Wenn er die Pistole rausholt, schlage ich ihn nieder. Aber er hat zum Glück nur die Vase im Kopf …

„He, was soll das? Hände weg! Das ist meine!"

Sie ziehen beide an der Vase.

Das kann nicht lange gut gehen.

Und dann … fällt die Vase auf den Boden.

Sie zerbricht in viele tausend Stücke.

---

der Boden: dort steht und geht man

zerbrechen: kaputt gehen, z. B. Glas, Porzellan

„Meine Vase … meine Vase … meine schöne Vase!" Burkhardt sammelt ein paar Stücke ein.

Da kommt Julia mit zwei Polizisten.
„Das ist Burkhardt", sagt sie. „Dieser Mann hat zwei wertvolle Vasen gestohlen und zwei Männer ins Krankenhaus gebracht."
„Herr Burkhardt, stehen Sie bitte auf", sagt einer der Polizisten. Aber der alte Professor hört nicht zu.
„Ich muss alle Stücke finden. Alle. Dann kann ich die Vase wieder zusammensetzen. Dann kann man vielleicht die Schatzkarte wieder sehen."
„Herr Burkhardt, bitte kommen Sie mit."
„Ich kann jetzt nicht, ich muss …"
Die beiden Polizisten nehmen Burkhardt und bringen ihn weg.
„He! Das können Sie nicht machen! Mein Vase …"
Dann ist er weg.

„Und es stimmt wieder mal", sagt Julia. „*Fender – Schneller als die Polizei.*"
„Natürlich! Wie immer." Ich lache. „Aber ohne Ihre Hilfe hätte ich es nicht geschafft. Wir sind ein gutes Team, finden Sie nicht? Wir sollten öfter zusammenarbeiten, Julia!"

***

Und so liegt der Schatz des Qianlong weiter an einem geheimen Ort. Niemand weiß, wo er ist und ob es ihn wirklich gibt.

---

einsammeln:	zusammensetzen:	öfter: mehr als jetzt
sammeln;	Stück für Stück	
zusammen tun	wieder ganz machen	

zu Kapitel 1

1. Was wissen Sie über Fender und Julia? Ordnen Sie zu.

Hilfe • ausgeraubt • Detektiv • kennt • bittet
Großeltern • Fall • verletzt • Wien

Fender

a Fender lebt in ....

b Fender ist ein

....

c Fender hat gerade
keinen ....

d Fender ....
Julia noch von
früher.

Julia

e Julia lebt bei ihren

....

f Jemand hat ihre Großeltern

....

g Julias Großvater ist

....

h Julia .... Fender
um ....

2. Was ist passiert? Ordnen Sie die Sätze und finden Sie die Lösung.

I ◯ Julia und ihre Großmutter laufen ins Wohnzimmer.

A ◯ Die Polizei glaubt nicht, dass sie den Dieb finden kann.

H ◯ Ein Einbrecher verletzt ihn.

N ◯ Sie rufen die Polizei.

C ◯ Julias Großvater wacht auf und geht ins Wohnzimmer.

Lösung:

1	2	3	4	5

▶ 11 **3. Die Vase. Was ist richtig? Hören Sie und kreuzen Sie an.**

a ◯ Die Vase ist schon über 200 Jahre in Julias Familie.

b ◯ Die Vase kommt aus China.

c ◯ Die Vase ist für Frau Kalman nicht wichtig.

d ◯ Vielleicht ist die Vase ein Geschenk von Kaiser Qianlong.

e ◯ Die Vase war die wertvollste Sache im Haus.

1. **Das Bild und die Vase. Verbinden Sie.**

a	Das Bild ist von Egon Schiele,	1	der Einbrecher auch das Bild wollte.
b	Julias Großvater hat das Bild	2	mit einem Foto von Herrn Kalman.
c	In der Zeitung war ein Artikel	3	einem berühmten österreichischen Maler.
d	Die Polizei denkt, dass	4	der Einbrecher nur die Vase wollte.
e	Fender denkt, dass	5	im Haus seines Onkels gefunden.

2. **Neues von der Vase. Lesen Sie den Text von Seite 10 („Julia und ich ...") bis Seite 11 und beantworten Sie die Fragen.**

   a Warum interessieren sich die Verkäuferinnen für die Vase?

   b Was passiert, wenn man die drei Vasen des Qianlong nebeneinanderstellt?

   c Warum fährt Fender nach München?

3. **Der Fall. Ergänzen Sie die Wörter und finden Sie die Lösung.**

   a Jemand hat die Vase der Kalmans ....

   b Bei Julias Großeltern hat es einen .... gegeben.

   c Fender .... die Vase.

   d Fender macht keinen Urlaub, er hat jetzt einen ....

   e Das Bild von Schiele ist .... E R als die Vase.

   f Die drei Vasen des Qianlong sind aus ....

   Lösung: ▢ ▢ ▢ ▢ ▢ ▢

zu Kapitel 3

1. Frau Liu. Was ist richtig? Kreuzen Sie an und
korrigieren Sie dann die Fehler.

    a O Sie hat einen China-Shop in ~~Wien.~~ München

    b O Sie gibt Fender Suppe. _____

    c O Sie hilft Fender, weil er ihre Nichte kennt. _____

    d O Sie erzählt Fender eine alte Geschichte. _____

    e O Sie empfiehlt Fender ein Restaurant in
       München. _____

▶ 12 2. Qianlong und der Porzellanmeister. Hören Sie und ergänzen Sie
die Wörter.

    Q.: Li Shuangzhi, mein Freund, ich muss etwas sehr Wertvolles
    _____, aber ich darf den Ort nicht _____.
    Was soll ich tun?

    P.: Ich mache dir drei Vasen mit wunderschönen Bildern.
    Nebeneinandergestellt zeigen sie aber eine _____.
    Am besten stellst du sie in deine privaten _____,
    dann kannst nur du sie sehen.

    Q.: Ich weiß nicht … das ist nicht sicher genug. Ich bringe sie
    besser weit weg, ins Ausland.

    P.: Gute Idee! Wir haben gerade drei Gäste: _____ aus
    _____, _____ und _____.

    Q.: Sehr gut. Jeder bekommt eine Vase als _____. Dann
    ist mein Schatz sicher.

3. Fender bleibt in München. Lesen Sie den Text auf Seite 14 und
beantworten Sie die Fragen

    a Warum findet Fender Frau Lius Geschichte wichtig?
       Der Dieb _____

    b Warum bleibt Fender in München? _____

1. **Wer sucht was? Ordnen Sie zu.**

1 Fender ....   2 Der Engländer .... 3 Frau Liu ....

a   hat schon eine Vase, sucht aber noch eine.

b   sucht die Vasen zusammen mit dem Engländer.

c   hat keine Vase, sucht aber eine.

2. **Die Engländer. Ordnen Sie die Sätze und finden Sie die Lösung.**

N ○ Die Engländer lassen Fender frei.

A ○ Die Engländer wollen Informationen von Fender und
       fesseln ihn.

E ○ Der junge Engländer findet einen Zeitungsartikel über
       den Diebstahl in Wien.

V ○ Die Engländer glauben, dass Fender eine von den drei
       Vasen des Qianlong hat.

S ○ Fender versteht, dass sie die Nachfahren des Engländers
       aus der Qianlong-Geschichte sind.

Lösung:

1	2	3	4	5

3. **Sie will mir gar nicht helfen! Fender schreibt eine E-Mail an Julia.**
   Schreiben Sie die E-Mail mit den Stichwörtern auf ein Blatt.

Frau Liu ● Vasen finden wollen ● mit den Engländern zusammenarbeiten ● von Burkhardt erzählen ● gar nicht helfen wollen ●
ich in München bleiben sollen ● die Engländer mich leicht
finden ● ich jetzt zu Burkhardt gehen ● der Professor vielleicht
doch etwas wissen

Liebe Julia, Frau Liu will ....

zu Kapitel 5

1. Professor Burkhardt. Finden Sie fünf Wörter und ergänzen Sie dann die Sätze.

ORETIMGSUNGSLABEXPERTEMTGRODELLALTATZUWA
BULASTMEIBÜCHERÖRTTOBLIVIOWATRERUNIVERSITÄT
ULDOBIBLITEZWENRGPROFESSORENNWIXPERSUNGEDÄT

a Burkhardt liebt ....

b Er ist .... an der ....

c Er ist schon ....

d Er ist ein .... für China.

▶ 13 2. Drei Geschichten. Welcher Schatz ist wo? Hören und verbinden Sie.

a Gold, Ketten und Ringe   1 in einem Haus an einem See
b die Pille der   2 in den Gelben Bergen
  Unsterblichkeit   3 weit weg an einem geheimen
c die tote Geliebte des Kaisers   Ort

3. Wer sagt was? Kreuzen Sie an und ergänzen Sie die Präpositionen.

	Mills	Fender	Burk-hardt
a Sie haben keine Ahnung .... den Vasen!	O	O	O
b Ich interessiere mich schon lange .... die Vasen und habe viel .... sie erfahren.	O	O	O
c Die deutsche Familie wohnt heute .... Hamburg.	O	O	O
d Ich fahre gleich morgen .... der Früh .... Hamburg.	O	O	O
e Das ist alles sehr interessant .... einen alten Professor.	O	O	O

1. Welches Wort passt nicht? Streichen Sie durch.

   a   Hamburg – Naschmarkt – Elbphilharmonie – Elbe
   b   Musik – Kunstsammler – Bild – Vase
   c   Zug – Nachricht – Taxi – Hauptbahnhof
   d   Adresse – Haustür – Pizza – Elbchaussee

2. Was sagt Fender und was denkt er wirklich? Lesen Sie den Text
   ab Seite 23 und ordnen Sie zu.

   a ◯ Ein reicher Kunstsammler
        will Ihre Vase kaufen.

   c ◯ Ach wie schön,
        eine Reise!

   b ◯ Für zwei Vasen zahlt der
        Sammler vier Mal so viel.

   d ◯ Diese gute Nachricht soll
        eine Überraschung sein.

   1 Vielleicht zeigen sie
      mir dann auch die
      Vase der Kalmans.   ◯◯◯

   3 Ich will sehen, ob
      sie eine chinesische
      Vase haben.   ◯◯◯

   2 Dann hat sie keine Zeit,
      die Vasen zu verstecken.   ◯◯◯

   4 Vielleicht ist sie
      nach Wien zu den
      Kalmans gefahren.   ◯◯◯

▶ 14   3. Was glauben Sie: Was passiert als Nächstes? Hören Sie das Ende
          des Kapitels noch einmal und kreuzen Sie an und / oder ergänzen
          Sie. Mehrere Antworten sind möglich.

   a   ◯ Fender trifft Professor Burkhardt in Berlin.
   b   ◯ Fender findet bei Dagmar Geppert in Berlin die Vase von
          Julias Großeltern.
   c   ◯ Fender findet in Berlin gar nichts, weil die Gepperts
          gelogen haben.
   d   ◯ ....

zu Kapitel 7

1. **Warten im Café. Ordnen Sie zu.**

   Vase • wütend • gestohlen • Tag • Wohnung • langweilig • Kaffee • Krankenhaus

   Fenders Tag ist _____. Er wartet schon den ganzen
   _____ auf Dagmar. Er trinkt einen _____
   nach dem anderen.
   Dann ruft Mills an. Sein Großvater ist im _____.
   Seine _____ ist weg. Fender glaubt, dass Dagmar
   Geppert sie _____ hat. Als sie nach Hause
   kommt, geht Fender zu ihrer _____. Er ist sehr
   _____.

2. **Fender ist sehr wütend. Verbinden Sie die Sätze.**

   Was macht Fender?

a	Er geht ohne Erlaubnis	1	auf Fender.
b	Er öffnet den Schrank	2	in Dagmars Wohnung.
c	Er will die Vasen	3	Fenders Entschuldigung.
		4	Polizei rufen.

   Was macht Dagmar?

d	Sie will die	5	im Wohnzimmer.
e	Sie ist wütend	6	in Dagmars Koffer suchen.
f	Sie akzeptiert am Ende		

3. **Wer hat die zwei Vasen gestohlen? Was glauben Sie?**
   Kreuzen Sie an oder ergänzen Sie.

   a ○ ein verrückter Sammler
   b ○ die Engländer
   c ○ Frau Liu
   d ○ _____

1. Burkhardt kommt. Einige Wörter sind im falschen Satz. Streichen Sie zuerst die Wörter durch und finden Sie dann den richtigen Satz.

   a Burkhardt kommt ~~echt~~ in Dagmars Wohnung. ....

   b Burkhardt ist glücklich, als Dagmar die Vase spült.

   ....

   c Burkhardt prüft, ob die Vase nervös ist. ....

   d Burkhardt ist schnell, dass er die dritte Vase des Qianlong gefunden hat. ....

   e Burkhardt zieht abends eine Pistole aus der Tasche. ....

2. Burkhardt stiehlt die Vasen. Was ist richtig? Kreuzen Sie jeweils zwei Antworten an.

   a Warum stiehlt Burkhardt die Vasen?
   1 ○ Er will nie sterben.
   2 ○ Er will Qianlongs Geliebte kennenlernen.
   3 ○ Er will reich werden.

   b Wohin will Burkhardt jetzt?
   1 ○ In die Provinz Sichuan.
   2 ○ Nach Shanghai.
   3 ○ In die Gelben Berge.

   c Was passiert mit Dagmar und Fender?
   1 ○ Sie sind gefesselt.
   2 ○ Sie bleiben in der Wohnung
   3 ○ Sie rufen die Polizei.

15 3. Wie hat Burkhardt die drei Vasen gefunden? Hören Sie und ergänzen Sie die Sätze.

   a Die Vase der Engländer: Mills ....
   b Die Vase der Deutschen: Er liest ....
   c Die Vase der Ungarn: Er sieht ....

zu Kapitel 9

1. Hier sind wir! Lesen Sie den Text von Seite 32–33 noch einmal und beantworten Sie die Fragen.

   a   Was ist das Problem von Dagmar Geppert und Fender?

   ....

   b   Wer hilft ihnen?

   ....

   c   Warum braucht Dagmar Geppert Julias Handy?

   ....

2. Die Fahrt zum Flughafen. Lesen Sie den Text von Seite 33 ab „Fünf Minuten später ..." bis Seite 34 und ordnen Sie die Sätze. Notieren Sie dann: Wie viele Minuten bleiben noch?

   a   ◯ Sie können die Flugzeuge schon sehen. .... Minuten.
   b   ① Sie sind noch in der Wohnung. _70_ Minuten.
   c   ◯ Sie kommen am Flughafen an. .... Minuten
   d   ◯ Sie fahren über die Spree und sehen die Museumsinsel und den Fernsehturm. .... Minuten
   e   ◯ Sie steigen in ein Taxi. .... Minuten
   f   ◯ Fender telefoniert mit der Polizei. .... Minuten

3. Was passiert im nächsten Kapitel? Was glauben Sie? Kreuzen Sie an oder ergänzen Sie.

   a   ◯ Sie kommen zum Flughafen und Burkhardt ist schon im Flugzeug.
   b   ◯ Sie finden Burkhardt am Flughafen.
   c   ◯ Die Polizei hat Burkhardt schon gefunden.
   d   ◯ Burkhardt hat gelogen und ist nach Frankfurt zum Flughafen gefahren.
   e   ◯ ....

1. Welche Wörter passen zum Thema Flughafen? Suchen Sie sieben Wörter aus dem Text. Kennen Sie noch weitere Wörter?

16   2. Streit um die Vase. Ein Mann telefoniert mit einem Freund. Lesen Sie zuerst und ergänzen Sie, wo möglich. Hören Sie dann und ergänzen Sie den Rest.

Ich bin gerade am Flughafen beim _____, hier ist richtig was los: Ein alter Mann wollte seinen _____ nicht einchecken, weil da wertvolle _____ drin sind. Aber weißt du was, die Vasen _____ gar nicht ihm, er hat sie _____. Und jetzt will eine junge Frau ihre Vase _____. Aber der Mann will sie ihr nicht _____, weil – und jetzt kommt das Beste – weil die Frau _____ in die Vase getan hat. Der ist doch _____, oder? Also, die beiden _____ um die Vase – aber das ist natürlich keine gute _____, jetzt liegt sie auf dem _____, zerbrochen, war ja klar. Und ... warte mal ... jetzt kommt auch noch die _____. Also, das ist ja wie im Fernsehen ...

3. Verrückt nach den Vasen. Was passt? Verbinden Sie.

a Burkhardt will die Vasen
b Burkhardt meint, die gestohlenen Vasen
c Burkhardt will keine Blumen
d Burkhardt will alle Teile der kaputten Vase
e Burkhardt will noch immer den Schatz

1 finden und zusammen-setzen.
2 nicht einchecken.
3 gehören jetzt ihm.
4 finden.
5 in den chinesischen Vasen haben.

Kapitel 1
1. a Wien, b Detektiv, c Fall, d kennt, e Großeltern, f ausgeraubt, g verletzt, h bittet, Hilfe **2.** CHINA
3. richtig: a, b, d

Kapitel 2
1. a 3, b 5, c 2, d 1, e 4 **2.** *Lösungsvorschlag:* a Es ist eine der Vasen des Qianlong. b Man kann eine Schatzkarte sehen. c Er will mit Frau Liu über die Vasen des Qianlong sprechen. **3.** a gestohlen, b Einbruch, c sucht, d Fall, e wertvoll, f Porzellan
Lösungswort: SCHATZ

Kapitel 3
1. falsch: a München, b Tee, e eine Pension **2.** verstecken, vergessen, Karte, Räume, Kaufleute, Ungarn, Deutschland, England, Geschenk
3. *Lösungsvorschlag:* a Der Dieb glaubt wahrscheinlich an die Geschichte. b Er will mit Professor Burkhardt über die Vasen reden.

Kapitel 4
1. 1 c, 2 a, 3 b **2.** VASEN **3.** *Lösungsvorschlag:* Liebe Julia, Frau Liu will auch die Vasen finden und arbeitet mit den Engländern zusammen. Sie hat mir von Burkhardt erzählt, aber sie wollte mir gar nicht helfen. Ich sollte in München bleiben. So konnten die Engländer mich leicht finden. Ich gehe jetzt zu Burkhardt. Vielleicht weiß der Professor doch etwas. Viele Grüße, Fender

Kapitel 5
1. a Bücher, b Professor, Universität, c alt, d Experte **2.** a 2, b 1, c 3

3. Mills: a, Fender: d, Burkhardt: b, c, e; a von, b für, über, c in, d in, nach, e für

Kapitel 6
1. a Naschmarkt, b Musik, c Nachricht, d Pizza **2.** a 3, b 1, c 4, d 2
3. *freie Lösung*

Kapitel 7
1. langweilig, Tag, Kaffee, Krankenhaus, Vase, gestohlen, Wohnung, wütend **2.** a 2, b 5, c 6, d 4, e 1, f 3
3. *freie Lösung*

Kapitel 8
1. a abends, b nervös, c echt, d glücklich, e schnell **2.** a 1+3, b 2+3, c 1+2
3. *Lösungsvorschlag:* a Mills hat ihm seine Vase gezeigt. b Er hat in einem alten Text von ihr gelesen. c Er hat sie auf einem Foto in der Zeitung gesehen.

Kapitel 9
1. a Sie sind gefesselt. b Julia hilft ihnen. c Sie ruft ein Taxi / Sie möchte ein Taxi rufen. **2.** a 5 + 45 Minuten, c 6 + 40 Minuten, d 3 + 60 Minuten, e 2 + 65 Minuten, f 4 + 55 Minuten **3.** *freie Lösung*

Kapitel 10
1. *im Text:* Check-in, Schalter, Koffer, Handgepäck, einchecken, Flugzeug, Pass, Berlin-Tegel *andere Wörter:* Reise, reisen, abfliegen, Abflug, ankommen, Ankunft, fliegen, Flug, Urlaub **2.** Check-in, Koffer, Vasen, gehören, gestohlen, zurück, geben, Blumen, verrückt, streiten, Idee, Boden, Polizei **3.** a 2, b 3, c 5, d 1, e 4